कोरा कागज़

विपुल पटेल

कोरा कागज़

विपुल पटेल

Kalamos Literary Services LLP

Kalamos Literary Services LLP
Email: kalamosliteraryservices@gmail.com
Published in 2017
by
Kalamos Literary Services
ISBN- 978-81-935033-6-2

Typeset and Cover Designed at Kalamos Literary Services LLP

फ़ेहरिस्त

नुमाइश-ए-मोहब्बत

कुछ फ़साने ज़िन्दगी के

सम्पर्पण

कोरा कागज़ मेरे माता पिता और स्वर्गीय भाई विकास पटेल को पूरी तरह से समर्पित।

अभिनन्दन

कोरा कागज़ सिर्फ एक किताब नहीं है, ये एक सफ़र है, एक ऐसा सफ़र जो एहसास से शुरू हुआ और आज अल्फाजो में तब्दील हो गया। ये सफ़र सिर्फ मेरा नहीं है, ये बहुत से लोगो का भी है जिन्होंने इस सफ़र में मेरा साथ दिया और मेरे साथ हर रास्ता तय किया। इस कोरे कागज़ को भरने में जिन भी लोगो ने सहयोग दिया है उनका मैं आभारी हूँ।

सबसे पहले मैं उन लोगो का शुक्रिया अदा करना चाहता हूँ जिन्हे मुझपर कभी यकीन नहीं था और मुझे अपनी काबीलियत पर सोचने पर मजबूर किया। उन लोगो का भी शुक्रिया जिन्होंने मेरा सफ़र तय करने से मना कर दिया था।

मैं अपने माता-पिता का आभारी हूँ की उन्हने मुझे अपने रास्ते तय करने का हक दिया और समय-समय पर मुझे इल्हाम दिया।

मैं अपने बड़े भाई राजेंद्र पटेल, विनीत पटेल और स्वर्गीय भाई विकास पटेल और छोटे भाई उज्जवल पटेल का भी आभार व्यक्त करता हूँ जिन्होंने मेरी हौसला अफजाई की।

मैं अपने स्कूल अध्यापक डॉ. पूनम राय, ए.के. पाठक, शिखा श्रीवास्तव, सनी रजानी और विरेन्द्र सिंह का भी आभारी हूँ जिन्होंने मेरे अन्दर छुपे हुनर को पहचाना और आगे बढ़ने में मदद की।

इस सफ़र में मेरे मित्रो का भी अटूट सहयोग रहा है अपने बचपन के दोस्त दिव्यांशु, अभिनव श्रीवास्तव, शबाज़, सरताज, देवांग, नितेश और सौरभ का भी आभारी हूँ।

अपने कॉलेज के सीनियर रिशव सिन्हा और अमित सिन्हा,राहुल राज जिन्होंने ये काम पूरा कारने में मदद की और मेरे सहपाठी असीम, साहिल, मनीष जिन्होंने मेरे हौसले को कभी गिरने नहीं दिया और हर रास्ते में साथ खड़े मिले।

अमित सिन्हा (माधव) का बहुत-बहुत शुक्रिया अदा करना चाहूँगा जिन्होंने गलतियाँ सुधारने में मेरी मदद की।

मैं अपने कॉलेज Northern Indian Engineering College को का भी आभारी हूँ जिसने मुझे ये काम पूरा करने का अवसर दिया।

नुमाइश-ए-मोहब्बत

मोहब्बत तो वो भी करती है हद से ज्यादा
बस उसे नुमाइश-ए-मोहब्बत की अदा नहीं आती।।

1
आज मेरे शब्द मुझसे रिहा हो गए

आज अपने ही मुझसे दूर हो गए
मेरा हाँथ छोड़ मेरे ही खिलाफ खड़े हो गए
अब ये शायद वक़्त की ही रज़ा है जो
हर रिश्ते मुझसे अपना नाता तोड़ गए
जब मेरे हालात मेरे वश से बाहर हो गए
तो मुद्दतों बाद आज मेरे शब्द मुझसे रिहा हो गए।।

ना तो मेरी मोहब्बत बची और ना ही माँ की ममता
ना तो दोस्तों की यारी बची और ना ही अपनों का प्यार
बस ज़िन्दगी है और उनके लिए धड़कने वाले उस दिल पर दाग
अब तो इस ज़िन्दगी के हर लम्हे मुझपे एक बोझ हो गए
जब मेरे दर्द अपने हर सीमा को पार कर गए
तो मुद्दतों बाद आज मेरे शब्द मुझसे फिर से रिहा हो गए।।

आज तो शांत समुन्दर भी अपने उफान पर आ गए
उन सुर्ख-सुर्ख हवाओ के तेवर भी बदल गए
आज उनकी हर यादें मेरे दिल को छल्ली कर गए
यूँ तो हजारो लोग हुआ करते थे साथ बौठने को
लेकिन आज दर्द बाटने को लोग ही कम पड़ गए
तो अपने मोहब्बत का इज़हार करने के लिए
आज मुद्दतो बाद मेरे अलफ़ाज़ फिर से रिहा हो गए
आज दर्द बयाँ करने को मेरे शब्द मुझसे रिहा हो गए।।।

2
एक अधुरी कहानी

गुमनाम था उस मंजिल का पता
जहाँ ज़िन्दगी मुझे ले जा रही थी
चलते जा रहे थे नादान परिंदों की तरह
क्या पता था कि मिल जाएगा कोई ख़ास
जिसपे ये दिल जाके ठहर जाएगा
वो चंद लम्हों की मुलाक़ात थी
लेकिन उसमे भी कुछ अजीब बात थी
ताकता रहा मैं उसकी मासूम आँखों को
कभी वो अपने बालों को अपने कानो के पीछे लगाती
तो कभी अपने प्यारी मुस्कान से मेरी आँखों में देखती
लिखना भी बहुत चाहा उसकी मासूमियत के बारे में
लेकिन मेरे सारे ज़ज्बात मेरे आँखों तक ही रह गए
बोलना तो बहुत चाहा था मेरे दिल के धडकनों ने
लेकिन वो अल्फाज़ जुबाँ तक आते-आते रह गए
वो कहते है ना कि मोहब्बत बेजुबान होती है
आज इस दिल ने उसे महसूस भी कर लिया
पता नहीं था कि ये वक़्त भी खफ़ा हो जाएगा
बस एक झलक देके मुझसे दूर हो जाएगा
आज मेरे ज़ेहन में बस उसकी कुछ यादें हैं
जो हर पल मेरे दिल को निचोड़ रहे हैं
उसकी वो आफरीन चेहरे की मुस्कान
मेरे चेहरे पर बेवजह ही खुशी दे रहे हैं
कभी हसीन यादें गुदगुदाती हैं
तो कभी आँखों में आँसू दे जाती हैं
पर वक़्त से शिकवा तो कर नहीं सकते हैं

कुछ लोग ज़िन्दगी में सिर्फ यादें देने के लिए आते है
ज़िन्दगी का हिस्सा नहीं बन पाते
शायद वो मुझे कुछ जज्बातों से रूबरू कराने आई थी
आज उन यादों को लेकर आगे बढ रहा हूँ
क्या पता ये वक़्त एक बार फिर मेहरबान हो जाये
कहीं किसी मोड़ पर वो खोया शक्स फिर नज़र आ जाए
क्या पता वो अधूरी कहानी कहीं मुकम्मल हो जाये।।

3
एक पुरानी तस्वीर

आज कमरे को टटोलते हुए एक तस्वीर मिली
वो तस्वीर जो कई साल पुरानी थी
उस तस्वीर के साथ कुछ ख़त भी मिले
वो ख़त जो आधे-अधूरे से फटे थे
शायद मेरी ज़स्बातों की तरह
वो तस्वीर ने आज मेरे ज़ख्मों को फिर से कुरेद दिया
हाँ, वो तस्वीर तुम्हारी ही थी, तुम्हारे ख़ूबसूरती की थी
उस तस्वीर को देखते ही मानो मेरी धड़कने रुक सी गयी हो
आँखों में आँसू थे तुमसे पीछे छुट जाने का
कमरे की खिडकियों से झाकता हूँ तो दुनिया वीरान लगती है
इस दर्द ने एक बार फिर खड़ा कर दिया उन गलियों में
वो गलियाँ एक दम वैसे ही थी, भीड़ भी वही थी
उस गली के बहार कुल्फी वाले चाचा भी वही थे,
बस थोड़े बूढ़े हो गए थे
शामें वही थी, सुबह भी वही था, शोर भी वही था
पर उन गलियों की वो खुशबू कहीं गुम थी
गुम था वो अपनेपन का एहसास और प्यार जो कभी हुआ करता था
पता है, हर वो ज़र्रा जो कभी मुझे गुदगुदाया करता था
आज वही मेरे अस्तित्व की वजह पूछ रहे थे, मेरे मंजिल का पता पूछ रहे थे
आँखों में आँसू थे, तुम्हारे यादों के , तुम्हारे उस प्यारे से मुस्कराहट के
वो बचपन की यादे, जिसमे हम कभी साथ हुआ करते थे
वो पल जब हम एक-दुसरे को देखकर बेवजह ही मुस्कुरा दिया करते थे
अब दम घुटता है मेरा इस दुनिया में तेरे बिना, तू सुन रही है ना?
हर एक पल अब मुझे मौत के चौखट से पीछे खींच लता है
अब लगता है इस ज़िन्दगी से अच्छी तो मौत ही है
अभी तक शहर के शोर ने मेरे दिल की आवाज़ को दबा रखा था

लेकिन आज जब तुम्हारे चौखट पर खड़ा हूँ तो एहसास हुआ है कि
तुम्हारे बिन मैं कुछ भी नहीं, मेरा कोई अस्तित्व नहीं
क्या करूँगा मैं इस नाम का, इस शोहरत का तेरे बग़ैर
ये शोहरत भी मुझे तेरे बग़ैर गवारा नहीं, बिलकुल नहीं
अब तो ये शोहरत भी मुझे, मेरे दिल को चुभती है
ऐ मेरी ज़िन्दगी तू वापस आ जा
या ले चल मुझे उस दुनिया में जहाँ तू रहती है
अब कोई नहीं बचा यहाँ अपनाने को
बस ये कुछ ख़त हैं और तेरी तस्वीर
जब से दूर गयी है, ये किस्मत भी अपने से रूठ सी गयी है
अब देखो ना इस वक़्त की बेवफाई
तुम्हारी तस्वीर तो है पर तुम साथ नहीं
कहाँ ढूँढू मैं तुमको न कोई पता है ना ही कोई खबर
इंतज़ार है मुझको उस वक़्त का जब तू इस तस्वीर से बहार आएगी
और जो अब घड़िया मयस्सर है अपने पास उसमे तू मेरी ज़िन्दगी
बनाएगी।।

4
फिर मुलाक़ात होगी

मिले तो थे एक अजनबी की तरह
पर बिछड़े एक-दुसरे की ज़िन्दगी बन कर
पता नहीं था ज़िन्दगी यूँ काफ़िर हो जाएगी
उनके बिछड़ने पर अपने से ही दूर हो जाएगी
पता नहीं था की जो हसीन पल आज मुस्कराहट दे रहें
वही कल को आँखों में लहू के आँसू दे जायेगें
एक वक़्त था जब उनसे मिलने पर बेवजह ही मुस्कुरा दिया करते थे
आज मिलने पर बेवजह ही मुस्कुराना पड़ता है
यूँ तो हम अपने हर जज़्बात लिख दिया करते थे
पता नहीं क्यों आज कुछ ज़ज्बात आँखों तक ही रह गए
कभी हमारी गुस्ताखियाँ उन्हें गुदगुदा जाती थी
आज हमारी एक झलक भी उन्हें गवारा नहीं
शायद हमारी ही भूल थी जो हमने इतनी मोहब्बत करी है
नहीं तो किसी की क्या मज़ाल हमे रुला जाए
मैं जीतना भी उनको प्यार करने की कोशिश करता हूँ
वो मुझसे उतना ही नफ़रत किया करते है
मजबूर हो गया हूँ मैं अपनी धडकनों के आगे
जो हर बार उनकी गुस्ताखी को अपना बना दिया करते है
शायद उनकी दुनिया और मेरी दुनिया एक दम अलग है
जो हमारी पाक मोहब्बत उन्हें समझ नहीं आती
पर मोहब्बत में सिर्फ पाना ही सब कुछ नहीं है
कभी-कभी हमे इंतज़ार करना होता है
शायद इस दुनिया में हमारी मोहब्बत पूरी नहीं हो पाएगी
पर मैं इंतज़ार करूँगा उस दुनिया में जहाँ मोहब्बत ही सब कुछ है
इंतज़ार करूँगा मैं उस दुनिया में, शायद फिर कहीं मुलाक़ात हो जाए
एक अधूरी मोहब्बत उस जहाँ में पूरी हो जाये।।

5
हाँ मै गुनहगार हूँ

आज जब शामे मेरी नज़रों को जिस तरह से निहारती हैं
ये हवाएँ मेरे रूह को भेदकर , चीर कर गुज़रती हैं
तो एहसास होता है, कि कही कुछ खो गया है
कही मेरी मंजिल गुमराह हो गयी है, धूमिल हो गयी है
ज़िन्दगी है जिसमे चलता जा रहा, मंजिल की कोई खबर नहीं
मेरा ही ज़ेहन मुझसे सवाल करता है कि ये सब किसके लिए
ये पैरों के छालों का दर्द किसके लिए, इतना संघर्ष किसके लिए
सुबह से लेकर शाम तक अपने ही आप से लड़ाई किसके लिए
जिस बिस्तर पर सारी दुनिया सोती है, उस बिस्तर पर इतनी करवटें क्यों
हाँ अब लगता है मैं गुनहगार हूँ, अपने ख्वाबो का, अपने अरमानो का
गुनहगार हूँ उस ममता का जो कभी मेरे छालों पर मरहम लगाया करती थी
गुनहगार हूँ उस भरोसे का जो सोचता है मैं सिर्फ उसका हूँ, उसका सहारा हूँ
गुनहगार हूँ मैं उस दोस्ती का जिसने मेरे लिए सब कुछ किया पर मैं ना कर सका
अब जब गुनाह किया ही है तो अंजाम भी होगा
उस अंजाम तक तो तुमने पंहुचा ही दिया, उस वफ़ा को अंजाम दे ही दिया
कभी-कभी मेरे रूह मुझसे पूछते है कि शायर क्या सच में उसे तेरे
जस्बातों की क़द्र नहीं
शायर तेरे इस पाक मोहब्बत में क्या कमी रह गयी थी, क्या कोई कमी थी क्या?
इन सब से बेपरवाह मेरी रूह ये बोलकर पल्ला झाड़ लेती है कि
मोहब्बत में कोई शर्त नहीं होती
ये तो इसे भी पता है कि शर्त हो न हो लेकिन जज्बातों की इज्ज़त जरूर होती है
शायद गुनाहगार इस लिए भी हूँ कि जरूरत से ज्यादा ही वफ़ा कर दिया
अब इस गुनाह की सज़ा मिल रही है, और शायद मिलती रहेगी
किसी ने कहा था कुछ गलतियाँ पूरी ज़िन्दगी साथ रहती हैं

शायद सच था, अब ये ज़िन्दगी गुज़र रही है इस गलती को सुधारने में
गलती तो सुधारूँगा, एक नई शुरुआत भी करूँगा, नए लोग भी
आयेगें और कुछ चले तो गए ही हैं
इंतज़ार है तो एक सही मौके का और सही वक़्त का, अब वक़्त इतने
दिन खफा तो रह नहीं सकता
तब देखना ये आँसू तुम्हे जरूर अजमायेगें, तुम्हारे ही सामने हम
किसी और को अपना बना कर दिखायेगें।।

6
निगाहें फ़रेबी

ये निगाहें है फ़रेबी, इनमे है गज़ब का फ़रेब
इनके मसूमीयत पर तो कभी जाना नहीं
इनकी मासूमियत ही है इनकी हथियार
अपने काले पर्दे के पीछे ना जाने क्या छुपा रखा है
घायल करना और मारना यही है इनका ईमान
ये निगाहें है फ़रेबी, क़त्ल करना ही है ईमान
कभी इनकी मासूमियत पर ना करना यक़ीन
इनमे है गज़ब का फ़रेब, गज़ब का फ़रेब।।

जब भी ये मुझे ताकती थी, घूरती थी
समुन्दर सी गहरी लगती थी
आज डूब कर एहसास हुआ की
कश्ती डुबाना ही है इनका ईमान
ये ख़ूबसूरत निगाहें हैं बड़ी ही फ़रेबी
इन पर कभी ना तुम करना यक़ीन
इनमे है गज़ब का फ़रेब, गज़ब का फ़रेब।।

कातिलाना अदाओं से हमको मार डाला
अब ना जाने किधर को ये क़त्ल करने चली हैं
जायेंगी जिधर भी ये अदाओं को लेकर
क़यामत ढहेगी, ज़ज्बातो के आँसू बहेगें
अनजाने में हमसे ये गुस्ताख़ी हुई है
हमको इन निगाहों की मार पड़ी है
ये ख़ूबसूरत निगाहें है बड़ी ही फ़रेबी

गलती से भी इन पर ना करना यक़ीन
इनमे है ग़ज़ब का फ़रेब, ग़ज़ब का फ़रेब ।।

अभी तक तो था इस दिल पर यक़ीन
लेकिन इसने तो अब इसको भी वश में किया है
यकीन करू भी तो किसपर
हर किसी पर तो है इसी का ज़ोर
दिमाग की बात तो अब करनी नहीं है
इसकी जादूगरी तो इस पर भी चली है
ये ख़ूबसूरत निगाहें है बड़ी ही फ़रेबी
गलती से तुम इन पर ना करना यक़ीन
इनमे है ग़ज़ब का फ़रेब , है ग़ज़ब का फ़रेब ।।

7
जब याद तुम्हारी आये है

जब याद तुम्हारी आये है
रैना बीती जाए है
नींद मुझे ना आए है
इज़हार करू तो कैसे
बस आँसू ही छलके जाए है
जब याद तुम्हारी आए है
बस आँसू छलके जाए है।

ज़िन्दगी तो बस चलती जाए है
रुकने से जी घबराए है
मिलने को जी अब चाहे है
पर अन्दर ही अन्दर घबराए है
जब याद तुम्हारी आये है
बस आँसू ही छलके जाए है।

8
अब कह क्यों नहीं देते

मुद्दत हुई तेरा और मेरा यूँ नज़रो का चुराना
दिल की बातें अब कह क्यों नहीं देते

नज़रो में तो तेरे मोहब्बत है हद से ज्यादा
अब बात को जुबाँ पर आने क्यों नहीं देते

कितना ढूढ़ते हो तुम मुझे इस भीड़ में भी
अब इन नज़रो को थोड़ा अंजाम क्यों नहीं देते

कब तक करोगे मेरा राहों में यूँ ही इंतज़ार
अब इंतज़ार को अंजाम दे क्यों नहीं देते

जब मोहब्बत करने की गुस्ताख़ी कर ही दिए
तो अब जज़्बातों को थोड़ी हवा क्यों नहीं देते

मोहब्बत पूरी होगी भी या अधूरी रह जायेगी
अब इसको कोई अंजाम दे क्यों नहीं देते।।

कई मुख़ालिफ़ बैठे है तेरी मोहब्बत के 'विपुल'
अब उनको इख़्तियार कर क्यों नहीं देते।।

9
बता नहीं सकता

किस हद तक जाऊँगा तेरी मोहब्बत को मैं बता नहीं सकता
मेरी मंज़िलें कितनी पामाल है, ये मैं बता नहीं सकता

आज जब गुज़रता हूँ तेरे खाली कूचे से
दर्द कितना होता है ये मैं बता नहीं सकता

भरी महफ़िल में भी आँखें नम हो जाती हैं
इस नमी की वज़ह तुझे मैं बता नहीं सकता

आज जब कमरे में घुसता हूँ थक हार कर
अकेलापन कितना होता है मैं बता नहीं सकता

ना जाने कितनी रातें काट दी मैंने करवटें बदल कर
इतनी बैचैनी का किस्सा मैं किसी से बता नहीं सकता

कितने शफ़क़ गुज़ार दी मैंने तेरे मोहब्बत के इंतज़ार में
इस इंतज़ार का सिलसिला मैं तुझसे बता नहीं सकता।।

10
अब वो शख़्स अपना सा नहीं लगता

ये शहर तो अपना ही है ना
फिर ये अपना सा क्यों नहीं लगता

मौजूद तो आज भी है हम दोनों शहर में
पर मोहब्बत में अपनापन सा क्यों नहीं लगता

गुस्सा तो पहले भी बहुत करते थे हर बात पर
पर ये गुस्सा भी अब अपना सा क्यों नहीं लगता

अपने तन्हा साये में हर पल पाया था उसे
अब मेरा साया मुझे अपना सा क्यों नहीं लगता

मेरी मौसिक़ी में तो पहले जान हुआ करती थी
अब ना जाने ये हुनर अपना सा क्यों नहीं लगता

मुख़्तार तो हम पहले भी थे अपनी मोहब्बत के
अब ये अहिसार भी अपना सा क्यों नहीं लगता

इंतज़ार तो आज भी वो करते है मेरा सहरा में
फिर ये इंतज़ार मुझे अपना सा क्यों नहीं लगता

मरते तो तुम पहले भी थे उनकी शोकियों पर
फिर ये मरना आज अपना सा क्यों नहीं लगता

बड़ा एज़ाज़ था तुम्हे तो अपनी मोहब्बत पर ना
फिर ये एज़ाज़ आज अपना सा क्यों नहीं लगता

ज़िन्दगी तोड़ कर बिखेर दी तुमने जिसके खातिर
आज वो शख़्स फिर अपना सा क्यों नहीं लगता।।

11
कोशिश ना कर

पामाल डगर है मेरे मंज़िल की
मुझे आज़माने की कोशिश ना कर

ज़िन्दगी फिसल रही है मेरे आँखों के सामने
अब इससे ठहर जाने की फ़रियाद ना कर

तेरा-मेरा रिश्ता मुक्कमल तो हो नहीं सकता
अब मुझसे मोहब्बत की कोई आस ना कर

मैंख़्वार हूँ मैं अपने मोहब्बत और सपनो का
अब मुझे जंजीरो में बाँधने की कोशिश ना कर

बेशक़ जान मानता हूँ तुझे अपनी ज़िन्दगी का
उम्र में छोटा है तो आशिक़ी की कोई बात ना कर

तेरी एक तबस्सुम से मेरी धड़कने ठहर जाती थी
अब मेरी धड़कनो को इससे ज्यादा बेज़ार ना कर

मुश्ताक हो चुका हूँ तेरी मोहब्बत का मेरी जान
अब नज़रो से मोहब्बत का इज़हार ना कर

कितने अरसे हो गए नज़रो का चुराना 'विपुल'
अब उसके मोहब्बत का इंतज़ार ना कर।।

12
जब मैं चला जाऊँगा

जो थामा था हाँथ तुमने मेरा उस वक़्त सहरा में
मैंने भी सोंच था कि मैं सारी हदे पार कर जाऊँगा

आज जो तोड़ा है तुमने मोहब्बत के वो झूठे वादें
जब भी करोगे तुम वादा किसी से, मैं उस वादे में याद आऊँगा

बहुत चुराया है तुमने मेरी रातों की नींदें मेरी जान
अब जो झपकी पलके तुम्हारी तो मैं उन ख़्वाबों में याद आऊँगा

साथ-साथ तो भीगे थे बारिश में ना जाने कितने दफ़े
अब जो भीगोगे इनमे तो मैं उन बूँदों में याद आऊँगा

चलो आज मैंने मान ही लिया की तुमने मुझे भुला दिया
पर जो हर सुबह आइना देखोगे तो मैं उस आईने में याद आऊँगा

अभी तक साथ बैठ कर हम दोनों चाँद को निहारते थे
अब जो जाऊँगा तो मैं उनकी चाँदनी में याद आऊँगा

मैंने तो तुझे हर एक अल्फ़ाज़ में लिख दिया है मेरी जान
अब जो कभी पढ़ोगे इनको तो इन अल्फाज़ो में याद आऊँगा

अभी तक जब भी रोते थे मैंने हर आँसू अपना लिया था
अब जो गिरा ये अश्क़ तो मैं इन अश्क़ो की शिकायतों में याद आऊँगा

तुम्हारे जाने के बाद तो मैं वैसे ही मर जाऊँगा
जो चला गया तो तुम्हे मैं मोहब्बत नाम में याद आऊँगा।।

13
भूला ना पाये

तेरी तबस्सुम में हसरत थी इस क़दर
आज भी हम उसे भूला ना पाये

क़त्ल तो किया तूने मेरा ना जाने कितने दफ़ा
पर अपने अहद-ए-वफ़ा को हम भुला ना पाये

धोया तो मैंने अपने आँखों को अश्को से कई दफ़ा
पर हम तेरी पाएदार तस्वीर को भूला ना पाये

सोचा कुछ पल भूल जाऊँ तुझे आँखें बंद कर के
पर मेरे ख़्वाब है कि आज भी तुझे भूला ना पाये

सोचा अपने दिल के दरीचों से तुझे अलविदा कह दूँ
पर तेरी यादें इतनी दाबीज़ थी की तुझे भूला ना पाये

कई आये और चले गए दिल की सिलवटों पर छाप छोड़ कर
पर मेरा रेज़ा-रेज़ा है कि आज भी तुझे भूला ना पाये।।

14
मेरी याद आयी तो होगी

चुरा ले अपनी नज़र मुझसे जितना जी चाहे
पर इन नज़रों को कभी मेरी याद आयी तो जरूर होगी

यूँ तो कभी तू अपनी मोहब्बत मुझसे बयाँ करती नहीं
पर किसी के सामने मेरा नाम जुबाँ पर लायी तो जरूर होगी

बड़ी मोहब्बत है ना, तुझे अब्र की बूँदों से
भीगते वक़्त आँखों में नमी आयी तो जरूर होगी

मुझे तो अब सहरा ने ताउम्र तलब कर लिया है
भीड़ में किसी चेहरे में मेरी झलक आयी तो जरूर होगी

मुँह तो जरूर फेर लेते हो मुझे देखते ही
रातों में कभी मेरी याद आयी तो जरूर होगी

तुमने तो उसे अपनी जान-ए-हयात बना लिया 'विपुल'
वो भी अपने किसी रेज़ा में तुम्हे बसाई तो जरूर होगी।।

15
हाल क्या है

सवाल तो खड़े कर दिए मुझपर ना जाने कैसे
कभी पूछा भी की मेरी डगर क्या है

देखते तो रोज़ हो मुझे ख़ुद से लड़ते हुए
कभी पूछा कि हसरत-ए-हाल क्या है

खड़ा तो कर दिया है मुझे किसी जंग में
कभी पूछा कि दिल-ए-आरज़ू क्या है

ना जाने कैसा इल्म है तुम्हे मेरे हालात का
कभी पूछा कि मेरी ख़ुद से तवक़्क़ो क्या है

पढ़ तो लिया ही होगा मेरे हर नज़्म को
कभी सोचा भी कि इनमें दर्द क्या है

जो गए एक बार तो मुड़ कर भी ना देखा
कभी पूछ भी लिया होता कि मेरा हश्र क्या है।

अरसे गुज़र गए तेरे एक ख़त के इंतेज़ार में
कभी सोचा कि इतनी जुस्तजू की वजह क्या है।

16
एक दिन

वो किसी अजनबी को मेरी कहानी बता रहा था
ख़ुद को वफ़ा और मुझे बेवफ़ा बता रहा था

बुलाया जरूर था ख़ुद से मिलने एक दिन
कुछ पल बाद ही ख़ुद को जल्दी बता रहा था

वो हर बार कहता था कि मुझसे कोई राबता नहीं है
फिर ना जाने क्यों शिकायतों की शम्मा जला रहा था

दफ़न कर रखा है उसके कारनामें आज तक
फिर भी वो खुद को मासूम बता रहा था

मुझे तो ख़ूब याद है तुम्हारे मोहब्बत के ज़माने
वो है कि इसे एक खूबसूरत ख़ता बता रहा था।।

17
शायर बन जाऊँ

ज़िन्दगी के बहुत हो गए है तजुर्बे अब
सोचता हूँ कि मैं अब शायर हो जाऊँ

अब की बार जो वो आये मुझसे मिलने
तो इंसान छोड़ मैं आईना हो जाऊँ

हसरत है कि अब की बार वो चाहे मुझे बेहिसाब
और उसी की तरह मैं बेवफा हो जाऊँ

मेरी तरह उनको भी इल्तेज़ा हो गले लगाने की
और मैं उसके बाहों में आने से पहले हवा हो जाऊँ

जब भी हो उसे ज़माने से बेवफ़ाई की शिकायत
उसके हर सवालात का मैं जवाब हो जाऊँ

सुना है उसे मैंख़ाने से बड़ी नफ़रत है
चाहत है कि उसके हाथो का जाम हो जाऊँ

बिस्मिल तो जरूर हुए है हम ज़िन्दगी में 'विपुल'
पर जब वो कब्र पर आए तो उसका मरहम बन जाऊँ।।

फ़साने ज़िन्दगी के

जबसे देखा है ज़िन्दगी को थोड़े और करीब से
सारे अपने मुझे मुखालिफ़ से लगने लगने लगे है।।

18
आज कुछ बदलते देखा है

सुना तो था की मौसम बदलता है
यहाँ तो मैंने इंसानों को बदलते देखा है
अब वक़्त की मार कहें या किस्मत की हार
आज तो मैंने इनको हाँथ छोड़ते देखा है
एक वक़्त जो हर पल मेरे साथ मेरा रास्ता तय करता था
उस परछाई को भी साथ छोड़ते देखा है
आज मैंने कुछ बदलते देखा है
आज मैंने इंसानो को बदलते देखा है।।

कई रिश्तें जो मेरे साथ हुआ करते थे
उन रिश्तों को अपने से दूर होते देखा है
अपनी खोट कहे या वक़्त की रज़ा
आज तो इन हवाओं के लहजो को भी बदलते देखा है
हर मोड़ पर गिरता हूँ, सम्भालता हूँ, दर्द से चीखता हूँ
लेकिन हर मोड़ पर देखने वालों की नज़रों को बदलते देखा है
जो कभी मेरा हाँथ पकड़ कर मेरा रास्ता तय करते थे
आज उन सब को भी अपने से दूर भागते देखा है
सुना तो था की गिरगिट रंग बदलता है
आज तो मैंने इंसानों को रंग बदलते देखा है
आज मैंने इंसानों को रंग बदलते देखा है।।

मौसम बदला तो वापस आएगा
वक़्त के साथ ये हवाए भी बदलेगीं
लेकिन जब ये इंसान बदल गए,
तो क्या ये वापस आयेगें

इंतज़ार रहेगा उस वक़्त का मुझको

जब ये खोये इंसान घर को वापस आयेगे
हम वही खड़े इन मुसाफिरों का इंतज़ार करेगें
क्योंकि क्या पता उन्हें कितनी जरूरत हो मेरी
क्योंकि जरूरत में बेबस आँखों में बेपनाह दर्द देखा है
क्योंकि मैंने इंसानों के बदलने का दर्द देखा है
क्योंकि मैंने इंसानों को वक़्त के साथ बदलते देखा है।।

19

ज़िन्दगी के नाम एक ख़त

ऐ ज़िन्दगी तू इतनी बेचैन क्यों है
तू इतनी हैरान क्यों है
मैंने तो तुझसे दिल्लगी करी है
फिर तूने इतनी आहें क्यों भरी है
बड़ी मोहब्बत करी है तुझसे
अब तू भी थोड़ा ऐतबार कर
ऐ ज़िन्दगी तू इतनी बेचैन क्यों है
ऐ ज़िन्दगी तू इतनी हैरान क्यों है।।

मैं जितना भी इस दुनिया से लड़ता हूँ तुझे बनाने को
तू हर पल उतना ही बिगड़ती चली जाती है
कैसे सम्भालू मैं तेरे इस आवाहन को
मुझमे अब हिम्मत नहीं ये जताने को
ऐ ज़िन्दगी तू इतनी बैचैन क्यों है।
ऐ ज़िन्दगी तू इतनी बेरहम क्यों है।।

इस दुनिया से तो लड़ना आसान है
पर तुझसे लड़ने की मुझमे ज़ोर नहीं
थोड़ी सी तो रहम कर इस मुसाफिर पर
जो अपना हर पल लुटाता है तुझ पर
थोड़ी सी तो मेहरबानी कर मुझ पर

ऐ ज़िन्दगी तू इतनी छिड़ क्यों है
तू इतनी बैचैन क्यों है।।

तूने भी क्या ख़ूब साथ निभाया है
इस दुनिया का भी क्या हाँथ बटाया है

हर सही वक़्त पर तूने मुझे गिराया है
गिरकर उठना मेरी आदत बन गई है
और हर मोड़ पर गिराना तेरी आदत
कब तक चलेगा गिरने-गिराने का सिलसिला
अब तो थोड़ी सब्र कर
ऐ ज़िन्दगी तू इतनी मूक क्यों है
तू इतनी बैचैन क्यों है
तू इतनी हैरान क्यों है।।

20
ज़िन्दगी इसी का नाम है

हाँथ के रेखाओं का जाल है
किस्मत का खेल है
कभी टूटती जाती है आस
तो कभी कोई मिल जाता है ख़ास
कभी मिलना है तो कभी बिछड़ना है
कभी टूटना है तो कभी बिखरना है
शायद ज़िन्दगी इसी का नाम है।।

एक राह मुस्किल है तो दूसरा गुमनाम है
एक में कांटे है तो दुसरे का अंजाम नहीं
जाऊँ भी तो किस राह पर
हर रास्ता अंजान है
तय करू भी तो कैसे कश्मकश में जान है
शायद ज़िन्दगी इसी का नाम है।।

मोहब्बत करी भी तो किससे
जिसका कोई और जान है
कैसे तोड़ देते रिश्ता अपना
इस दिल पे तो उसी का नाम है
उम्र भर हम मोहब्बत करते रहे उनसे
तरसते रहे कुछ गुफ़्तगु करने को उनसे
और वो गूफ्तगू करते रहे उनसे
कैसे मार देते आपने अन्दर छुपे इंसान को
वो तो पहले से ही बेजान है
शायद ज़िन्दगी इसी का नाम है।।

एक रिश्ता सम्भालता ही हूँ
की दूसरा बिछड़ जाता है
किस रिश्ते को पीछे छोड़ू
कश्मकश मे जान है
एक अस्तिव है तो दूसरा जान है
पूरी उम्र गुज़र जाती है इस दरमियान
फिर भी दिल में कुछ अधूरे एहसास है
शायद ज़िन्दगी इसी का नाम है
शायद ज़िन्दगी इसी का नाम है।।

21
मेरे ख़्वाब

इन रातों की भी अजीब कहनी है
हमसे दूर हुए इंसानो की याद दिलाते हैं
आँखों पे तो पलकों का साया होता है
और इनके साये में उसका बसेरा होता है
आँखें बंद हो तो सिर्फ उसकी तस्वीर होती है
और इनके खुलने पर आसुओं का बसेरा होता है
कैसे कहें की कितना दर्द होता है
कितने अरमान चकना-चूर होते हैं
बेपनाह मोहब्बत अधूरी रह जाती है
इन रातों की भी अजीब कहनी है
हमसे दूर हुए इंसानो की याद दिलाते हैं
और बदले में बेहिसाब दर्द दे जाते है।।

इन ख़्वाबों में जब हम मिलते हैं
ज़िन्दगी का एक नया सफर शुरू होता है
हम अपनी ही दुनिया में खो जाते हैं
जहाँ न कोई गिला है और नाही कोई शिकवा है
आज़ाद पंक्षी की तरह हम उन वादियों में घूमते हैं
ना कोई बंदिश है और नाही कोई वक़्त का पहरा है
उसकी समंदर सी आँखे मुझे सम्मोहित कर जाती है
उसकी बांहे जो मुझे ज़ोर से अपने आग़ोश में लिए हुए है
वो मुझे मेहफ़ूज़ होने का एहसास दे जाती है

कई अरमान जो दिल में छुपाये बैठा हूँ वो पूरे हो जाते हैं
शायद इन रातों की यही एक खासियत है
हमारे अधूरे एहसास और मोहब्बत पूरे कर देता है।।

हकीकत में नहीं तो ख़्वाबों में ही सही
ये दिल के हज़ारों अरमान पूरे तो कर देता है
प्यार की एक नई दास्ताँ बनाता है
इन ख्वाबो की भी अजीब कहानी है
हमारे टूटे रिश्तों को एक नया आगाज़ देता है
हमसे दूर हुए इंसानो की याद दिलाता है
आँखों में उनके नाम का अश्क दे जाता है।।

22
मेरी माँ

आज तो खुद ख़ुदा इस जमीन पर आया है
और मुझे मोहब्बत से गले लगाया है
पता नहीं क्यों उसकी बाहों में महफ़ूज़ लगता है
दर्द कितना भी क्यों न हो वो कम ही लगता है
उसकी बाहों में पूरी दुनिया की ख़ुशी महसूस कर लेता हूँ
और एक लम्हे में ही मैं हज़ारो दफ़ा जी लेता हूँ
मैं उसकी इस पाक सादगी को सलाम करता हूँ
वो मेरी माँ ही है जिसको मैं अपनी जान मानत हूँ।।

इस दुनिया ने कितना भी क्यों न ठुकराया है
बस तू ही तो है जिसने हमेशा मुझे अपनाया है
जब-जब ये खौफ भरी रातें मुझे डराती हैं
तब-तब तेरी वो गोदी की याद मुझे सताती है
आज जब भी तेरी याद आती है
आँखें बंद कर तेरे सुर्ख चेहर को याद कर लेता हूँ
फिर ख़ुद को थोड़ा बहला लेता हूँ
आज तू मेरे पास नहीं तो क्या हुआ
ऐसा थोड़ी है की आगे भी तेरा साथ नहीं
मैं आज भी तेरे मोहब्बत के ख़्वाब देखता हूँ
एक तू ही तो है जिसे मैं अपनी जान मानता हूँ।।

आज आँखे भर आई उन पलों को याद कर के
जब तू कहा करती थी, बेटा थोड़ा सा खा ले
वो तेरी फिक्र जब तू बेचैन होके पूछा करती थी
बेटा बड़ी देर हो गयी अभी तक तू आया क्यों नहीं
तेरा वो रात को आना और प्यार से पुचकारना

तेरी वो पुचकार दिन के हर दर्द को कम कर देती थी
आज शायद बचपन खो गया कहीं जवानी के शरहद पर
जब-जब दर्द अपने हद को पार कर जातें है
तो सो जाता हूँ तेरी यादों को सिरहाने रख कर
खो जाता हूँ उन वादियों में जहाँ तू ले जाया करती थी
और उन ख़्वाबों में तेरा इंतज़ार करता हूँ
शायद ये जान कर भी की तू अब वापस नहीं आयेगी
आज भी हर सुबह आईने में तेरा अश्क ढूढ़ता हूँ
क्योंकि आज भी मैं तुझे अपनी जान मानता हूँ।।

23
बड़ी दूर चले आये है

ये सरसराती हवाएँ लागत है कुछ लाये हैं
लगता है किसी का पैगाम लेकर आये हैं
पता नहीं क्या कानो में फुसफुसाती है
लगता है किसी के दो मीठे बोल लेकर आये हैं
अब तो इनके बोल से रिश्ता ही तोड़ आये हैं
लागत है माँ बड़ी दूर चले आये हैं।।

हर कोई अपने साथ कुछ और चेहरे लेकर आये हैं
वफ़ा तो हर्गिज़ नहीं, बस दर्द लेकर आये हैं
आज कुछ अपने भी चल कर आये हैं
पर वो भी कुछ इल्ज़ाम लेकर आये हैं
टूट चुका हूँ माँ अब इस ज़द्दोज़हद से
लगता है बड़ी दूर चले आये हैं।।

उन गलियों में बचपन की यादे चुभ रही हैं
ये अपने साथ मेरा वजूद लेकर आये हैं
वो कमरे के झरोखे से दूसरे घर में झाँकना
आज 'विपुल' की हरकतें लेकर आये हैं
खड़ा तो आज भी होता हूँ झरोखे के पास
पर हर कोई अपने घर में एक पर्दा खरीद लाये हैं

झरोखे के बहार भी माँ बस कुछ सुन है
लगता है माँ बड़ी दूर निकल आये हैं
लगता है बड़ी दूर चले आये हैं।।

आज कुछ अच्छा करने पर भी दर्द होता है
लगता है हम कुछ खो कर आये हैं
आज झरोखे पर खड़े होकर भी तेरी याद आती है
तेरी मोहब्बत नहीं, तेरी वो फटकार याद आती है
लगता है आज तू पास होती तो दो थप्पड़ लगाती
शायद इससे मेरी हार भी जीत में तब्दील हो जाती
तेरे उस थप्पड़ के हक़ से माँ दूर निकल आये हैं
लगता है बड़ी दूर चले आये हैं
लगता है बड़ी दूर निकल आये हैं।।

पापा के बिना वज़ह ही डाट देने पर भी खामोश थे
आज किसी आँख का तरेरना भी गवारा नहीं है
हर बात में आगे निकलने में होड़ में लग गया हूँ
ना जाने किससे जीतने की कोशिश में लग गया हूँ
आज माँ 'विपुल' अपनी मासूमियत बेच कर
ज़िन्दगी भर के लिए गुरूर खरीद लाये हैं
जो दोस्त मेरी परछाई हुआ करते थे
आज वो भी साथ छोड़ आगे निकल आये हैं
लगता है माँ बड़ी दूर निकल आये हैं।।
लगता है बड़ी दूर चले आये हैं।।

24
एक वज़ह ढूँढ़ता हूँ

नीले अम्बर के नींचे बैठे एक ख़्वाब देखता हूँ
काले बादलों के पीछे छुपे हुए राज़ ढूँढ़ता हूँ
हर वो रिश्ते जो मुझसे दूर हो गए
उनमे खोट ढूँढ़ता हूँ, एक वज़ह ढूँढ़ता हूँ
इन रिश्तो के पीछे मैं एक वजह ढूँढ़ता हूँ।।

इतनी बड़ी है ये दुनिया, फिर भी मैं एक शख़्स ढूँढ़ता हूँ
वो शख़्स जो दर्द कम दे उसकी राह ताकता हूँ
है भी या नहीं फिर भी मैं उसके ख़्वाब देखता हूँ
कितना द्वेष है, अहंकार है, ईर्ष्या है इस दुनिया में
इन सब की एक वज़ह ढूँढ़ता हूँ
वो रिश्ते जो नकारे है, उनमें खोट ढूँढ़ता हूँ
इस परदे के पीछे की वज़ह ढूँढ़ता हूँ।।

कुछ लोग है जो हमे अपने से भी ज्यादा प्यार करते हैं
उनके इस दिल्लगी की वज़ह ढूँढ़ता हूँ
वो तो सब कुछ हार गए, न्योछावर कर कर गए मुझ पर
फिर भी आज तक मुझसे कभी प्रश्न ना किया
उनके इस सादगी की वज़ह ढूँढ़ता हूँ
उनके इस पाक मोहब्बत की एक वज़ह ढूँढ़ता हूँ
इन रिश्तों के नींव की वज़ह ढूँढ़ताहूँ।

जब भी कभी गिरता हूँ मंजिल का रास्ता तय करते वक़्त
वो हर बार आकर मेरा हाँथ थाम मुझे खीच लेते हैं
हालांकि मैंने कभी उनके पुकारा नहीं
फिर भी हर मोड़ पर उनसे भेट हो जाती है
इस एहसास और तार के पीछे की वज़ह ढूँढ़ता हूँ
वो अदृश्य तार जो जुड़ा हुआ है उनसे
उसकी वज़ह ढूँढ़ता हूँ
मैं इन रिश्तों में इतनी जान की वज़ह ढूँढ़ता हूँ
नीले आसमान के निचे बैठे इन सब की वज़ह ढूँढ़ता हूँ।।

25
ये कैसी जवानी

बचपन में बड़े होने की बड़ी चाहत थी

आज जब जवानी की शरहद पर खड़े हैं

तो पता चला की ये भी क्या ज़िन्दगी है

जहाँ सब कुछ अधूरा है, सिर्फ अधूरा

वो भी एक अजीब दुनिया थी

जहाँ अकेलेपन का कोई नामोनिशान नहीं था

कोई कंधे की सवारी करता था तो

कोई गोद में लेकर मेरे सोने का इंतज़ार करता था

अपने पराये की कोई रिवायत नहीं थी

आज समझ आया की मासूम और खूबसूरत में फर्क क्या है

खूबसूरत चेहरों की तरह मासूम चेहरे अपने पराये में फर्क नहीं किया करते

खुशियों की कोई भी वज़ह नहीं हुआ करती थी

आज गम की कोई वज़ह नहीं नज़र आती

चाँद में भी हमें मामा नज़र आता था

पापा उगली पकड़ कर जब भी चला करते थे ना

उस वक़्त अपनी मंजिल बड़ी महफ़ूज़ लगती थी

हाँ माना कि उस वक़्त हाँथ छुड़ा कर आगे निकलने की कोशिश करते थे

पर अब पता चल गया है हम उनके उँगलियों में ही महफ़ूज़ थे

ये दुनिया हमारे लिए नहीं, हम उनके बिना महफ़ूज़ नहीं हैं

लेकिन आज तो नज़रे मिलाने से दिल हिचकता है

आज तक इसकी कोई वज़ह नहीं ढूढ़ पाया हूँ
लगता है इस जवानी ने ही शरहद खीच दिया है
एक ही घर में लोग भिन्न नज़र आते है, रूठे हुए
वो बारिश की बूँदें जो पूरे रूह को ख़ुशी से भर देती थी
आज वही बूँदें कुछ बचकाने हरकतों की याद दिलाते है
बारिश के पानी में कागज़ की नाव बहा कर
लगता था मानो अपनी कश्ती ही पार कर दी हो
अब जब कश्ती का सही मतलब पता चला तो
एहसास हुआ कि ये काम इतना आसान भी नहीं
वो रातो को दादी-नानी की कहानियाँ आज भी याद है
जिसमे एक राजा और एक रानी हुआ करते थी
आज पता नहीं क्यों वो राजा कही गुम हो गया है
गुम हो गया उसका अभिमान जो चेहरे पर झलकता था
लगता है जवानी के बदले उसने अभिमान को बेच दिया है
बेच दिया है अपने खुशियों को, अपने रिश्तों को
मैं आज तक नहीं समझ पाया की रिश्तों में इतना बदलाव क्यों
इनमें इतनी दूरियाँ क्यों, इतना खालीपन क्यों
ये कैसी जवानी है मेरे ख़ुदा जहाँ कोई अपना लगता ही नहीं
नहीं जरूरत मुझे ऐसे किसी दुनिया की जहाँ रिश्तों के मायने बदल
रहे हैं
हाँ माना की बड़े हो गए है, पर जरूरत तो अब भी है ना
कोई तो समझाए की ये कैसी दुनिया है?
ये कैसी जवानी है??

26

अधूरा

अधूरा है आसमान, अधूरा है ये चाँद
अधूरा है ये जहाँ, अधूरे हैं हम
अधूरा है मेरे मंज़िल का पता
अधूरे हैं मेरे सारे रास्ते
ना जाने क्यों खो सा गया हूँ
मंज़िल का रास्ता तय करते-करते
कभी-कभी लगता है कि
अब बस यही अंत है मेरे रास्ते का
करवटे बदल-बदल कर इन तारों को देखता हूँ
सोंचता हूँ क्या मैं कभी इनके जैसा चमक पाऊँगा
चाँद की रौशनी इतनी तेज़ है कि
परछाई भी अब साथ छोड़ चुकी है
इंसानो की बात तो अब करूँगा ही नहीं
हज़ारो सवाल माथे की नस को खींच रहे हैं
पर मेरे दर्द का एहसास मेरे दिल को हो रहा है
सुबह से शाम तक दौड़ता हूँ राहों में
शाम होते-होते लगता है मैं वहीं का वहीं हूँ
आज तक समझ नहीं आया की इतनी थकान क्यों?
इतनी बेचैनी क्यों? इतना असहाय क्यों?
मंज़िले अब धूमिल सी लगने लगी हैं
डर है कि कही मेरे सपने अधूरे ही ना रह जाएँ
अधूरे तो थे ही कही अधूरे ही ना मर जाएँ।।

27
एक मासूम चेहरा

आज मैंने एक मायूस चेहरा देखा है
आज एक चेहरे को बेरंग होते देखा है
वो चेहरा जो खुशियों का सौदागर था
उसे आज इसका मोहताज़ होते देखा है
वो आँखे जिनमे चमक होनी चाहिए थी
उनमें आज आसुओं का समुन्दर देखा है
वो आँखे जो तारों सी टिमटिमाती थीं
उन आँखों में मैंने आज बेबसी देखी है
उन आँखों में मैंने ख़ुदा की शिकायत देखी है
जो ज़ोर-ज़ोर से अपने हालात की वज़ह पूछ रहे थे
वो बेरंग गाल जो खुशियाँ बिखेरते थे
आज उन गालो को खुशियाँ ढूढते देखा है
आज मैंने एक मायूस चेहरा देखा है।।
हर तरफ पटाखों की गूँज है, शोर है
पर वो चेहरा इन सब से नासूर है
शायद इनके अरमान उस रॉकिट के साथ
आसमान में बिखर गए है
शायद इनकी हर खुशियाँ
उन मिठाई के डब्बों में बंद हो गए हैं
कोई मिठाई बाँट रहा, तो कोई तोहफ़े
पर एक कोने में बैठ कर वो चेहरा
इनके खुशबू से पेट भर रहा है
अपने तन पर नवाबी कोट है, कुर्ता है
पर इनको एक बिलान भी ना नसीब है
हम अपने बदन को पटाखों की गर्मी से सेक रहे
वही दूसरी तरफ वो ठण्ड से सिकुड़ कर

इन पटाखों की गूँज सुन रहे
आज मैंने एक प्यारे से चेहरे को
इन सब से मोहताज़ होते देखा है
आज मैंने एक चेहरे को खुशियाँ ढूँढ़ते देखा है।।

28
काली रातों से कुछ गुफ़्तगू

ये बेसबर रात मुझसे कुछ कहती है
कहती है आ चलते है सैर पर
अब तो ये सड़के भी खाली हैं
ये चाँदनी भी आफ़रीन है
कब तक बैठेगा यूँ तन्हाँ यहाँ
कभी तो किसी पर ऐतबार कर
चलते-चलते चले जायेगें बहुत दूर
जहाँ कोई और मयस्सर नहीं
बस तू है, मैं हूँ और तेरी तन्हाई
मिलके बाटेगें अपने जज़्बात वहाँ
कभी जोर से चिल्लायेगें तो
कभी अटखेलियाँ मारेगे
कभी अकेलेपन से लिपटकर रोयेगें
कभी पुलिस की बैरीकेटिंग तोड़ेगें
हाँथ पकड़ कर बीच रोड पर चलेगें
कोई नहीं होगा वहाँ तौहीन करने को
कोई नहीं होगा वहाँ रोक-टोक करने को
मैंने भी सोचा चलो कोई तो मिला दर्द बाटने को
कोई तो मिला मुद्दतों के बाद अपनाने को
फिर याद आए ज़िन्दगी के कुछ पहलू मुझे
की जब अपने ही छोड़ गए तन्हाँ यहाँ
तो ये बेसबर रात क्या चीज़ है
फिर मैंने भी बोल दिया
हाँ माना अभी तू मेरे दर्द कम कर देगी

पर कल क्या होगा?
कल सुबह तो तू भी छोड़ जयेगी
नहीं मुकम्मल करना कोई रिश्ता अब
जिसका कोई वजूद नहीं, अस्तित्व नहीं
अभी तक तो इस ख़्वाब ने ही धोखा दिया
अब तू भी इस सिलसिले में शामिल हो गई
ऐ बेसबर रात छोड़ दे मुझे तनहा ही सही
कभी तो कोई मिलेगा ज़िन्दगी में आगे
जिसपे मेरी ज़िन्दगी जा के रुकेगी
जो क़यामत तक साथ देगा
तब तक मैं यूँही गुज़ार लूँगा
पर तुझसे रिश्ता मुकम्मल कर लूँ
अभी मुझमे इतना ज़ोर नहीं
अभी मुझमे इतना ज़ोर नहीं।।

29

एक कसक़

घुटन क्या होता है पता है??
शायद आप में से कुछ लोगो को पता हो।
घुटन पता है कब होती है, जब आप कुछ जज़्बात दिल में छुपाये बैठे
हो लेकिन बोल नहीं रहे हो।
शायद अपने अभिमान और इज़्ज़त के लिए।
पर अचानक आपको एहसास होता है कि अब बोल देना ही मुनासिब है।
आपमें हिम्मत भी है, वक़्त भी सही है पर अब वो आपको छोड़ कर
जा चूका है।

अब शायद आप उसे जान दे कर भी नहीं बोल पाएगें कि

आपसे देर हो गयी, शायद आपसे गलती हो गयी।
पता है हम असहाय कब महसूस करते है?
तब जब हम सब कुछ हार कर भी उस चीज़ को नहीं पा सकते जिसे
हम पाना चाहते है।
ज़िन्दगी बहुत छोटी है, कौन हमे कब छोड़ कर चला जाए किसी को
नहीं पता।
ऐसे इज़्ज़त और अभीमान का क्या फायदा जो आपको आपसे ही दूर
कर दे।

30
ज़िन्दगी

कुछ लोगो की आँखें आधी ज़िन्दगी काले परदे के पीछे बीता देती हैं।
अचानक कोई एक ऐसा शख़्स मिलता है जो आँखों पर पड़े परदे को
हटाता है।
तो एहसास होता है की किस तरह उन्होंने अपनी आधी उम्र किसी
एहसान फरामोश इंसान के लिए गुज़ार दी।
शायद वही वक़्त होता है जब हमे अल्फाज़ और जज़्बात में फर्क
समझ आता है।
एक अच्छे और बुरे इंसान में फर्क समझ आता है।
सही मायने में तो ज़िन्दगी का असल मतलब बुरे लोग ही समझाते है।
अच्छे लोग तो हमे उसे जी भर कर जीने में मदद करते है।।

31
डर लगता है

अब मुझे इन पटाखो की गूँज से डर लगता है
इस दिये की रौशनी कितनी भी तेज़ क्यों ना हो
इससे ज्यादा जलन मेरे सीने में भरा है
आज हमने दिये दिवाली मनाने के लिए नहीं
घर में रोशनी फैलाने के लिए जलाये है
कोई अपना बोल गया था कि लौट आएगा
आज उसके लौटने की टकटकी लगाए बैठे है
हाँ पता है कि वो अब वापस नहीं लौटेगा
पर क्या करूँ, अपने रूह से झूठ बोलकर
थोड़ा और जीने की इच्छा बढ़ जाती है
एक शैतान है घर में वो हर रोज़ पूछता है
कि पापा मेरे खिलौने कब लेकर आएगें
उसे एहसास भी नहीं वो कभी लौट कर नहीं आएगें
किसी ने अपनी राजनीति रौशन करने के लिए
तेरे घर के चिराग़ को बुझा दिया है
अब डर लगता है इस सच्चाई से
इन पटाखो की गूँज से।।

32
वक़्त नहीं

चल रहा हूँ भीड़ भरी राहों में
मंज़िल की कोई खबर नहीं
गिरता हूँ, संभलता हूँ
फिर भी रुकने का वक़्त नहीं
ग़मगीन मुसाफ़िर की तरह
मैं आगे ही बढ़ता जाता हूँ
रुक कर दो आँसू बहा लूँ
इतना भी मुझको वक़्त नहीं।।

सुबह से लेकर शाम हो गयी
अपनी ही मुझको खबर नहीं
माँ कैसी है, पापा कैसे हैं
इतना भी जानने का वक़्त नहीं
छुट गए कितने रिश्तें पीछे
इसकी भी हमको खबर नहीं
कहते तो है हम बड़े हो गए
पर ये कैसा बड़प्पन है
जिसमे रिश्तों का वजूद नहीं
दो पल रुक के इन रिश्तों को सींचू
इतना भी मुझको वक़्त नहीं।।

चलते-चलते पड़ गए पैर पर छाले
इसकी भी हमको खबर नहीं
माँ कहती है आ सहला दूँ बेटा
दो पल रुक के उसकी बातें सुन लूँ
दो पाल माँ की ममता को दे दूँ
इतना भी मुझको वक़्त नहीं
ज़िन्दगी कहा ले जा रही हमको
इसकी भी हमको खबर नहीं
रुक कर थोड़ी हसी बिखेरूँ
इतना भी मुझको वक़्त नहीं
इतना भी मुझको वक़्त नहीं।।

33
ज़िन्दगी से नोक-झोक

एक ज़िन्दगी है और हज़ारों ख्वाहिशें दिल में दबे हैं
ख़्वाब का पीछा करू तो हक़ीक़त पीछे छूट जाता है
और हक़ीक़त का पीछा करू तो वजूद पीछे छूट जाता है

दीवारों को लाँघने की हिम्मत तो हर कोई दे जाता है
गर कभी लाँघ जाऊँ तो मेरा लाँघना सबको नासूर हो जाता है

ये कहते है कि चमको सूरज की तरह ज़िन्दगी में
जब चमकता हूँ कभी तो इनके आँखों को चुभ जाता है

मेरी मोहब्बत के किस्से तो बड़े दिलचस्पी से सुनते है
गर कभी मोहब्बत कर डाला तो इनको खटक जाता है

ये कहते है कि मेरा नाम खूब रौशन करो इस जहाँ में
जब कुछ करता हूँ तो कोई अपना ही खड़ा हो जाता है

एक-एक रूह को तोड़ कर बनाया है अपने आपको
अब जब जोड़ रहा हूँ तो कोई अपना ही टूट जाता है

अभी तक कहते थे तुम्हारे में कोई जज़्बात नहीं है
अब जो जज़्बात लिखू तो इनको अखर जाता है

तुमने तो हर किसी को अपना रूह बाट दिया 'विपुल'
अब जो बारी आई तुम्हारी तो कोई अपना ही मुकर जाता है।।

34
जुबाँ की स्याही

इस जुबाँ का रंग क्या है ?
क्या ये तुम बतला पाओगे?
जो फेंक दिया है स्याह जुबाँ का
क्या वो कभी धुल पाओगे?
ना ये रंग साँवला, ना ही श्वेत
ये रंग ऐसा है जो कभी न उतरे
जो फेंक दिया है स्याह जुबाँ का
काश वो अब धुंधला जाए
काश अब वो उतर जाए।

है तो बहुत चेहरे इस राह-ए-ख़ल्क़ में
बस कुछ ही है, जिनका रंग ना उतर पाये
फेंका था जो कभी तुमने उस कोरे कागज पर
आज वो नूर-ए-ग़ज़ल बन गए
सुनती है ये पूरी दुनिया इन ग़ज़लो को
पर कोई न इनको पढ़ पाये
फेंका था जो तुमने स्याह जुबाँ का
काश वो अब धुंधला जाये
काश वो अब उतर जाए।।

रंग चढ़ा ये मुझ पर कुछ ऐसा
की सारा जहाँ ही श्याम नज़र आये
कोशिश तो बहुत करी है मैंने
पर कहाँ कोई और रंग इसपर चढ़ पाये
फिरता हूँ इस रंग को दिल में लिए

काश कोई रंग ऐसा मिल जाए
जो इसको श्वेत कर पाए और
उस कोरे कागज़ को उसका अस्तित्व लौटा जाए
फेंका था जो तुमने स्याह जुबाँ का
आज तक वो ना धुल पाये
आज तक ना वो उतर पाये।।

35
वो हम न थे

ख़्वाहिश-ए-ज़िंदगी तो कभी कम न थे
पर जब पाया उन्हें
तो अफ़सोस हम हम न थे।।

गुरूर-ए-इश्क़ था जिसपर हमें
वो गुरूर-ए-हुस्न बन गए
जब पाया उन्हें
तो अफ़सोस वो वो ना थे
और हम हम न थे
हम हम न थे।।

मासूमियत से रुक्सत कभी हम न थे
पर जब खोया किसी के ख़ातिर
तो अफ़सोस वो हम हम न थे
हम हम न थे।।

दर्द देने वाले तो ज़िन्दगी में कभी कम न थे
फिर सोचा की रुक्सत कर दूँ इन्हें
पर जब रुक्सत किया ज़िन्दगी से इन्हें
तो एहसास हुआ कि ज़िन्दगी में हम न थे
जो बने हम वो हम न थे
वो हम हम न थे।।

बड़ी जद्दोजहद करी किस्मत को सवारने की
पर जब ये सावरी और जो हम बने
अफ़सोस वो हम हम न थे।।

अपने होंठों की मिठास को कभी खोये न थे
छाले जरूर थे पर कभी रोये न थे
खल्क की निगाहों में अब गुनहगार हो गए
जब खोल दी हमने अपने दिल की जुबाँ
तो वो बोले कि के ये हम हम न थे
ये हम हम न थे।

जाते भी तो कहाँ रहने को कोई मकाँ न थे
दुनिया को देखते भी तो कैसे
कमरे में एक भी झरोखे न थे
वो कहते है कि हम नबीना हो गए
पर हम करते भी तो क्या करते
ये मेरे शऊर-ए-ज़िन्दगी न थे
बेज़ार हो कर जब बदला अपना शऊर
तो देखा की हम हम न थे
हम हम न थे।।

36
मेरा कमरा और शहर

ये मेरा कमरा भी एक शहर की तरह है।

ना जाने कितनी चीज़े है सामने पर कोई अपने का एहसास नही देती
इन सब के भीड़ में कोई एक छोटा सा सामान मेरा अपना लगता है
तो कई ऐसे सामान हैं जो मेरे हैं फिर भी मुझे पहचानने से इनकार
करते हैं।

कई चीज़े है जो मुझे अंदर से पहचानती है तो कोई बगल वक़्त गुज़ार
कर भी नही पहचान पाई।

ये मेरा जो कमरा है वो भी किसी अजनबी शहर से कम नहीं है।

शेर-ओ-शायरी

- आपकी धुंधली सी तस्वीर दिल में सजी है
  फिर भी मिलने की कुछ जुस्तज़ू जगी है
  आप मुंह फेर लेते हो मेरी नज़रों को देखकर
  मेरी नज़रों को ये शिकायत है आपसे
  आपको प्यार करना मेरी फितरत बन गई है
  कैसे समझाऊँ अपने इस बेबाक दिल को
  इसको भी अब आपकी आदत सी हो गई है।।

- ऐ ज़िन्दगी तुझसे मेरा कोई बैर नहीं
  पर तू मुझे तोड़ कर बिखेर जाए
  इसकी तुझे इजाज़त नहीं।।

- जब इस दुनिया से माँगा तो मजबूर थे हम
  जब इस दुनिया ने माँगा तो कश्मकश में थे हम
  कैसे मुकम्मल करते लेन-देन का सिलसिला
  जब इन्होने माँगा तो अपनी ही ज़िन्दगी से दूर थे हम।।

- आज समुन्दर की लहरें कुछ कह गयीं मुझसे
की ऐ मुसाफ़िर मिटा दे अपने पैरों के निशान इस रेत से
कहीं कोई और ना तय कर जाए तेरे सपनो की मंज़िल।।

- अब आना तो कभी वापस जाने के लिए मत आना
सिर्फ दिल में अधूरे एहसास देने के लिए मत आना
हजारों मशालें जला रखी है इस दिल में
अब आना तो इन्हें सिर्फ बुझाने मत आना।।

- काश एक दिन ये चाँद बेदाग़ हो
ये चाँदनी भी आफ़रीन हो
कई रातें काट दी हमने काले आसमान के नीचे
अब की बार चाँदनी का तसव्वुर आपके साथ हो।

- दरिया के मोहाने बैठा हूँ कुछ गम लेकर
  ये आँखें भी बैठी है कुछ अश्क लेकर
  इन आँखों ने दरिया से कह दिया
  क्यों मरते हो साहिल के लिए
  हमे देखो जी रहे कितने अधूरे एहसास लेकर।।

- ये दुनिया भी अपनी हो गयी होती
  ये मोहब्बत भी पूरी हो गयी होती
  गर थोड़ी अदाकारी मुझे भी आ गयी होती।।

- आपकी नफरत ने बताया है ज़िन्दगी क्या है
  और मेरी हरकतों ने सिखाया है इसे जीना कैसे है।।

- तारीफ़ क्या करूं मैं उसकी ख़ूबसूरती की
  जब ख़ुदा ख़ुद ही उसका तलबगार है।।

- ख़ता ये नहीं की वो बेवफ़ा है
  ख़ता ये है की हमने कुछ ज्यादा ही वफ़ा कर दिया।।

- जी तो करता है की पूरी किताब लिख दूँ तेरी ख़ूबसूरत आँखों पर
  फिर डर लगता है की कहीं ये पूरी दुनियाँ ही तेरे इश्क में ना पड़
  जाए।।

- उनकी कोई ख़ता नहीं थी मैं खुद ही ख़ता कर बैठा
  एक बार उन्होंने नज़रे क्या मिला लिया
  ये बेबाक दिल उसे मोहब्बत समझ बैठा।।

- हर वादा तोड़ने वाला शख़्स बेवफा नहीं होता
  कभी-कभी किस्मत मोहब्बत के आड़े आ जाती है।

- दिन बितता गया, शामें ढलती गयी
  सब कुछ बदलता गया इस ज़माने में
  लेकिन वो मुझसे नफ़रत करते रहे
  मैं उनसे उतनी ही मोहब्बत करता रहा।।

- ज़िन्दगी वो नहीं जो हम जीते हैं
  ज़िन्दगी तो उन पलो में छिपी होती है
  जिन पलो की वज़ह से हम जीना छोड़ देते हैं।।

- हम तो वो शख़्स है जो आँखों में आँखे डाल कर सच जान लेते हैं
मोहब्बत करी है तुमसे बस इसी लिए तुम्हारे हर झूँठ को भी सच
मान लेते है।।

- तेरी याद के बीना कोई भी ऐसी रात ना होगी
ख़्वाबों में तुम ना आओ वो भी कैसी बात होगी
बड़े सज़दे किये है हमने तेरी मोहब्बत के लिए
गर मुकम्मल ना हुई, तो मेरे साथ उस ख़ुदा की भी तौहीन होगी।।

- कोई कह दे इन रातों से
थोड़ा जल्दी गुज़र जाएँ
ये रात के सन्नाटे उसके
आने की आहट देते है।

- मेरी हालत की वज़ह वही जान सकता है
जिसने किसीको खोया हो वो भी पाने से पहले।।

- किसी एक से करो प्यार इस क़दर
की दुसरे की कोई गुंज़ाइश ना हो
जो वो देख ले आपको एक नज़र
तो फिर ज़िन्दगी से कोई शिकायत ना हो।।

- कुछ लोग कहते है की अब उसे भूल जाना ही मेरे लिए मुनासिब है
पर उसे भुलाऊँ भी तो कैसे, वो मेरी हकीक़त है कोई ख़्वाब
नहीं।।

- अब तो जर्रे-जर्रे को अपनी कमी महसूस करायेगें
  दरिया को भी साहिल से मिलवायेगें
  अगली बार जो आया इस दुनिया में
  तुम्हे भी अपनी किस्मत में लिखवा कर लायेगें।।

- धुएँ का सबसे ज्यादा घुमाव वहीं होता है
  जहाँ आग की कमी होती है
  अक्सर धुएँ के घुमाव में मंज़िलें धूमिल हो जाती हैं
  अपने दिल की आग को एकदम तेज़ रखो
  मंज़िले अपने आप साफ़ दिखाई देने लगेगीं।।

- कभी पास आओ तो ऐतबार करूँ
  कभी नज़रे मिलाओ तो तुझे तलब करूँ

  तुम्हारी ज़िद है मुझे रुक्सत करने की

  मेरी ज़िद है की तुम्हे एक बार प्यार करूँ।।

- इस दिल को तोड़ जाने की इज़ाज़त हर किसी को नहीं है
  क्योंकि इसमें कुछ खास लोग बसते है।।

- लोग कहते है की शहर के लोगो में जज़्बात नहीं होता
  होगा भी कैसे, शहर के शोर ने उनके दिल की आवाज़ को दबा
  जो रखा है।।

- ज़िन्दगी में इंतज़ार उस शख़्स का करो
  जिसने आपकी मंजिल तय करनी हो
  वरना सफर में तो बहुत लोग मिलते है
  मिलने से मंज़िलें एक नहीं हो जाया करती।।

- हमने तो वहाँ भी सर झुका लिया था हबीब
  महज़ तेरे एक इशारे से
  जहाँ हमे कभी ऐतबार ना था।।

- बाँधे तो थे बहुत दुआएँ हर एक मज़ार पर
  पर शायद तेरी नफ़रत में ज्यादा शिद्दत थी
  जो हर धागे काफ़िर निकल गए।।

- ये तेरी मोहब्बत ही है जो मेरी कलम को दम दे गयी
  वरना शायरी का हुनर मुझमें कहाँ था।।

- यूँ तो हसी से मुझे कोई रक़ीब नहीं
  पर पता नहीं क्यों जब भी मुस्कुराता हूँ
  कोई अपना ही टूट जाता है।।

- तेरी वो मोहब्बत अभी भी मुझे टूटने नहीं देती
  रातों को सोना चाहूँ पर पलकों को झपकने नहीं देती
  लोग तो बहुत पूछते है मेरी सुर्ख आँखों की वज़ह
  पर तेरी कसम है की जुबाँ को बयान करने नहीं देती।।

- शायद बचपन इस लिए भी तोहफ़ा था
  दर्द चाहे कितना भी कम क्यों न हो
  आसुओं का समंदर निकल पड़ता था
  अब तो आलम ये है की दर्द तो बेपनाह है
  फिर भी लोगो से मुस्कुरा कर मिलना पड़ता है
  शायद अब आसुओं के मायने बदल गए है।।

- ये कैसी असमंजस है मेरे ख़ुदा
  एक शख़्स टूट रहा दूर होने से
  तो दुसरे को दूर होने का एहसास नहीं
  ये रिश्तों में खोट है या इंसान में??

- तेरा मेरा रिश्ता नक़ाब में ही रहे तो अच्छा है
  गर कभी बेनक़ाब हुआ,
  तो ज़माने के समझ से परे होगा।।

- कभी तो आओ हकीक़त की दहलीज़ पर
  कब तक हम यूँ ही मिलते रहेगें ख़्वाबों में।।

- आज कुछ हार कर आया हूँ, कुछ खो कर आया हूँ
  वो गलियाँ जो मेरी ख़ुशियों की वज़ह हुआ करती थीं
  उन गलियों में आज अश्क बहा कर आया हूँ।।

- ज़िन्दगी का असल मतलब तो बुरे लोग ही समझाते है
  अच्छे लोग तो बस खुल कर जीने में मदत करते है।।

- यूँ तो हमे कभी मोहब्बत पर ऐताबार न था
  पर जब से आपसे मिले हैं,
  हमे मोहब्बत से ही मोहब्बत हो गयी।।

- क्या ख़ूब सिखाया है इस वक़्त ने भी
  उम्र ढल गयी, पर ख्वाहिशों के बोझ नहीं।।

- कब तक जीऊँगा फक़त इस जहाँ में इलाही
  लगता है तेरा और मेरा कोई गहरा रिश्ता है।।

- अच्छा हुआ आसुओं का कोई रंग नहीं होता
  गर होता तो ना जाने कितने रंग फीके पड़ जाते।।

* लोग पूछते है की टूट कर बिखरने से क्यों डरते हो
कैसे समझाऊँ की टूट कर बिखरने से बूंदे भी डरती हैं
जो बादलों से टूट कर पत्तो से जा कर लिपट जाती है।।

* आज साहसा अपने हाथों के लकीरों पर नज़र पड़ी
तो एहसास हुआ की ये लकीरें इतनी कम क्यों है
पर शाम को जब थक हार कर घर पहुँचा तो
पता चला मेरे किस्मत की सारी लकीरें तो
उसके झूर्रियों भरे चेहरे में छिपी है।।

* दिलग्गी करे भी तो क्यों
जब एक दिन सबको
छोड़ कर जाना ही है।।

- इतना आसान भी नहीं है इश्क़ की डगर 'विपुल'
ख़ुद को खोना पड़ता है किसी को पाने की ख़ातिर।।

- गर्दिशों से घिरा हूँ इस क़दर
जी तो करता है कि
काश एक दिन परिंदा बन जाऊँ
मुद्दत हुई खुल कर मुस्कुराये हुए
काश मैं फिर एक बार बच्चा बन जाऊँ।।

- बड़ा दर्द होता है माँ
पर इलाज़ करूं भी तो किसका
जब मर्ज़ से ही वाकिफ़ नहीं।।

- शिद्दत तो दोनों तरफ थी हद से ज्यादा
  फर्क बस इतना सा था की

  एक तरफ मोहब्बत थी तो

  दूसरी तरफ सिर्फ नफ़रत।।

- कितना गज़ब का खिलौना है ये दिल भी
  किसी का तोड़ भी दो

  दुनिया को पता ही नहीं लगता।।

- मैख़ाने में आज सारे मैख्वार
  बन्दीशों में नज़र आये

  अदाए तो बहुत थी मेरे आँखों के सामने

  फिर भी ये नज़रें तुझे ही ढूढ़ती नज़र आयी।।

- कितना जूनून है तेरे और मेरे मोहब्बत में, है ना?
  जो बस देख कर ही हज़ारों बातें कर लिया करते है।।

- मोहब्बत तो बड़े सलीके से करी थी 'विपुल'
  वर्ना इतनी नफ़रत किसी को खैरात में नहीं मिलती।।

- हर हसने वाले चेहरे खुशियों के घर नहीं होते
  कुछ तो ज़ख़्मी लबों से मुस्कुराने का हुनर रखते है।।

- मुद्दतों बाद तो आज गहरी नींद आई थी
  तेरे ख़्वाबों ने मुझे फिर से जगा दिया।।

- उसको ख़ुदा ने ना जाने कैसा हथियार दे दिया
  खंजर मेरे हाँथों में था

  पर क़त्ल उसकी आँखों ने कर दिया।।

- उनकी जुल्फे आज ना जाने क्यों बिखरी-बिखरी सी मिली
  लगता है मेरे जैसा कोई और सवारने वाला नहीं मिला।।

- ना दुआ में मिला ना ही किसी सज़दे में मिला
जो सुकूँ मिला वो तेरे तसव्वुर में मिला।।

- हम खुली आँखों को ज़हमत क्यो दें
जब वो हमसे मिलने
ख़्वाबों में ही चले आते है।।

- हर चीज़ का टूटना महज़ इत्तेफाक़ नहीं होता
कुछ तो टूटते ही है हथियार बनाने के लिए।।

- मैं तो वो सुबह हूँ गर कभी ढल भी गया तो
  तुम्हारे लिए एक तनहा शफ़क़ छोड़ जाऊँगा।।

- भरने दे उड़ान उस परिंदे को हबीब
  कभी तो पहुँचेगा वो उस मकाम पर
  जहाँ दरिया भी दो पल के लिए ठहर जाता है।।

- तुम कहते हो की मेरा और तुम्हारा कोई रिश्ता नहीं है
  ज़रा बताना फिर मैं तुम्हारे नाम से बदनाम क्यों हूँ।।

- मोहब्बत तो वो भी करता है मुझसे हद से ज्यादा
  बस उसे नुमाइश-ए-मोहब्बत की अदा नहीं आती।।

- तेरा और मेरा प्यार साहिल और दरिया की तरह है
  पास तो है पर कभी एक दुसरे के नहीं हो सकते।।

- कई दफ़ा सोचा की किसी और को हमसफ़र बना लूँ
  पर जब भी किसी के करीब आता हूँ
  उनकी आँखों में तेरी मुकम्मल तस्वीर दिखती है।।

- लोग कहते है की तुम बदल गए हो
  काश कोई इन्हें समझा पाए की
  शाख़ से टूट कर पत्ता कब तक नमी बरकरार रखे।।

- मोहब्बत को क्यों बदनाम करते हो ग़ालिब
  पहले जैसे शिद्दत इस जमाने में कहाँ रही।।

- कसमें वादें सब फ़रेब है सुना था बचपन में
  जवानी ने इसे साबित भी कर दिया।।

- मोहब्बत में कुछ तो बात जरूर होगी
  वरना कोई ज़िन्दगी भर यूँ ही इंतज़ार नहीं करता।।

- इतनी तो अभी उम्र भी नहीं हुई
  जितने ज़िन्दगी में किरदार बदल गए।।

- उसकी आँखें अनकहे अल्फाजों को समझा जाती हैं
  और वो कहती है की उसे कुछ बयाँ करना नहीं आता।।

- वो किसी बारिश की तरह थी और मैं किसी बुलबुले सा
  उसकी बस एक बूँद से मैं हर बार ख़ाक में मिल जाया करता
  था।।

- मैं अक्सर रेत पर तुम्हारी यादों का टीला बनाता हूँ
  और कोई न कोई लहर आकर उसे तोड़ जाती है।।

- आज उस खिड़की को बंद करवा दिया है
  जहाँ से मैं तुम्हे जाते हुए देखता था
  उसमे दरारे कुछ ज्यादा ही आ गयी थी।।

- वो नशे की माफ़िक ही थी
  एक बार उसकी आदत हो गई थी
  अब जाती ही नही।।

- ना जाने कितने किरदार लिखें है मैंने कागज़ पर
  पर तुझसा कोई और मुकम्मल ना हो पाया।।

- पीने की आदत तो पहले से ही थी
   पर नशा तो तेरे आने के बाद ही हुआ।।

- जब इतना कुछ सीखा कर जा ही रहे थे
  तो ज़ज्बातों का कारोबार करना भी सीखा दिया होता।।

- बहुत हुआ अब अल्फाज़ो का बयाँ करना
  चलो अब थोड़ा खामोशी पर ऐतबार करते है।।

- बक्से में पड़े हर सामान को दीमक ने खतम कर दिया था
  मगर तुम्हारा वो आखिरी ख़त अभी भी बाकी है।।

* दिल का क्या है?
ये तो किराये का मकान है
कल हम थे तो आज कोई और होगा।।

* ज़िन्दगी भी पेड़ के पत्तो की तरह है
जरूरत है तो पनाह माँगते है
टूटते ही कदमो तले दबा देते है।।

* मैं शायर हूँ दिल की रगो में उतर जाऊँगा
कोई हवा का झोका नही, जो छू गुज़र जाऊँगा।।

- वो बिल्कुल रेत की तरह थी
  मैं कोशिश करता गया
  और वो हाँथ से फिसलती गयी।।

- वो कहती है मुझे तुमसे कोई शिकायत नहीं है
   डर है कहीं इसी बात की शिकायत तो नहीं?

- लिखने का हुनर तो तुमसे ही आया है
   फिर कैसे वादा करूँ की भूल जाऊँगा।।

- हसरत तो पूरी किताब लिखने की थी तुझपर
  फिर सोचा कि तुझे दायरों में क्यो बाँधू।।

- ये रात भी आज कल मुझे परेशाँ सी करने लगी है
  इससे भी तेरा कोई राबता है क्या?

- ये जो उसकी मैय्यत पर आँसू बहा रहे हैं
  कल इन्ही लोगो ने उसका जीना हराम कर रखा था।।

- वो मेरे इस क़दर ऐतबार पर हैरान है
  उसे पता नहीं की वफ़ा के साथ शायरी मुमकिन नहीं।।

- तेरे यादों का मुसलसल कारवाँ मुझे परेशाँ सा करता है
  बता क्या आज भी तू मुझे अकेले में याद करता है?

- तुझसे मोहब्बत करने का गुनाह भी जायज़ था
  गर ये खता न करते तो ख़ुदा न बन जाते ।।

- उसने दागा देकर मेरा यकीन बरकरार रखा
  और मैंने वफ़ा करके उसको धोखा दे दिया।।

- अच्छा हुआ तुमने भूलाने का काम तो किया
  चलो इसी बहाने एक दफ़ा याद तो किया।।

- मैं मिसरे दर मिसरे लिखता जाता हूँ
  और तू है की मुकम्मल ही नहीं होती।।

- आज हमने समुंदर को देखा है थोड़े और क़रीब से
  वो लहरों की तारीफ़ करता तो मै उसके अंदर छुपे मोतियों की।।

- दगा देने वालों में सिर्फ तेरा नाम ही शुमार नहीं
  तुझसे नज़र हटी तो पता लगा कई अपने भी शामिल हैं।।

- कमरों को तो बड़ा कर दिया है वो सब ठीक है
  पर जो रिश्तों में दूरियाँ आई है उनका क्या कीजियेगा?

विपुल पटेल

गुरु गोविन्द सिंह इन्द्रप्रथ यूनिवर्सिटी के नॉर्दर्न इंडिया इन्जीनीरिंग कॉलेज के तृतीय वर्ष के छात्र है और यहाँ से ये अपनी कंप्यूटर साइंस की पढ़ाई पूरी कर रहे है। विपुल पटेल ने अपने कोरा कागज़ की शुरुआत द्वितीय वर्ष में शुरू कर दिया था। बचपन से ही इलाहाबाद के एक छोटे से गाँव में रहे है जहाँ पर उनकी प्रारंभिक शिक्षा भी पूरी हुई।

विपुल पटेल अभी दिल्ली के एक थिएटर ग्रुप के साथ काम करते है। इससे जुड़ने के बाद पता लगा की अपने एहसास को भी एक आवाज़ दे सकते है। इनका मानना है की कला को किसी सीमा में बाँध नही सकते और जो दिल से निकले वही कला है।

अपने विचार और सुझाव देने के लिए आप इनके इ-मेल- patelvipul3095@gmail.com पर संपर्क कर सकते है और इनके और शायरी के लिए आप इनके फेसबुक पेज https://www.facebook.com/ekkorakaagaz/ से जुड़ सकते।

Our Other Titles

Estenzic Love
Hrishitaa Paraswani

A kind of Commitment
Pratibha Malav

I killed her
SACHIN JHA

The fragrance of nature and love
MANOJ KRISHNAN

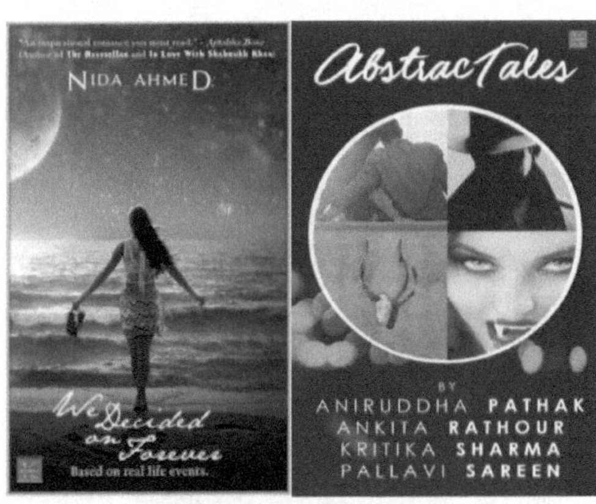

Kalamos InstaRead

(Wonderfully Broken Series)

9 788819 350336 2